LA

FRAIRIE DE SAINT-ÉLOY

OU

DES GENS DU MARTEAU

A QUIMPER

(DOCUMENTS RECUEILLIS AUX ARCHIVES DU FINISTÈRE)

QUIMPER

IMPRIMERIE ARSÈNE DE KERANGAL

18, RUE DES BOUCHERIES, 18

1886

LA
FRAIRIE DE SAINT-ÉLOY

OU

DES GENS DU MARTEAU

A QUIMPER

DOCUMENTS RECUEILLIS AUX ARCHIVES DU FINISTÈRE

QUIMPER

IMPRIMERIE ARSÈNE DE KERANGAL

18, RUE DES BOUCHERIES, 18

—

1886

A notre ami François LARSONNEUR,

Forgeron,

Vice-Président du Cercle Saint-Corentin, à Quimper.

AVANT-PROPOS

Étudier le passé, c'est travailler pour l'avenir. Les mœurs ne se font pas en un jour. Elles ne naissent pas de principes abstraits. Elles sont le produit de générations successives, comme une chaîne n'est que la somme des anneaux soudés les uns aux autres, sans solution de continuité.

Rompre avec le passé, c'est donc un crime social : c'est tuer les coutumes salutaires. Mais s'immobiliser dans le passé, c'est empêcher l'arbre de produire des feuilles, des fleurs et des fruits. Chaque année doit apporter aux mœurs une frondaison nouvelle, et l'arbre n'est beau que parce que ses racines sont profondes et ses branches bien nouées au tronc qui les nourrit.

Pourquoi à Quimper, comme dans le reste de la France, cet arbre a-t-il été violemment abattu ? Les racines plongeaient cependant bien profondes dans les âges chrétiens et la prospérité des gens de métiers était entière.

Parfois, comme en toutes choses humaines, sur ce bel arbre passait un orage : quelque procédé déloyal, quelque mesure fiscale imposée par la nécessité des temps. Les branches souffraient et semblaient gémir ; mais voilà de nouveau le soleil, et l'arbre se redresse aussi beau et aussi fort qu'autrefois.

Un jour vint : la Révolution. Ce fut un orage plus

terrible, et l'arbre tomba. Depuis l'atelier végète. Avec les vieilles coutumes disparues, l'esprit chrétien souffre une éclipse ; et, comme nous l'apprend un sérieux travail de M. Trévedy *(Les Rues de Quimper)* c'est aussi à dater de cette époque, où la discipline des ateliers fut rompue, qu'avec la liberté des auberges, l'ivrognerie jeta sa hideuse corruption parmi nous.

Faire connaître ces temps meilleurs, c'est aussi apporter une pierre à la reconstitution chrétienne du travail.

Voilà ce qui justifie cette publication de documents trouvés aux archives du Finistère.

On aurait pu attendre de nouveaux matériaux pour faire un travail d'ensemble sur les vieilles *frairies* de métiers à Quimper. Mais, ce premier fruit de recherches heureuses encouragera à de nouvelles recherches plus fructueuses encore. Ainsi le vieux Quimper renaîtra, sous notre regard charmé, avec ses habits de fête comme avec son costume de travail, l'outil à la main et le cœur vers Dieu.

Nous divisons cette brochure en quatre chapitres.

Le premier sera consacré au texte des statuts ; le deuxième groupera ce qui a trait à l'application de ces statuts au point de vue professionnel et au point de vue religieux ; le troisième parlera des finances ; le quatrième citera les noms des gens du marteau que les divers actes consultés auront pu nous fournir.

FRAIRIE DE SAINT-ÉLOY

OU

LES GENS DU MARTEAU

A QUIMPER

CHAPITRE Iᵉʳ

DOCUMENTS STATUTAIRES

Ce jour 18ᵉ de décembre 1678, en la chapelle de Monsieur Saint-Marc, située en la paroisse de Saint-Mathieu, ont comparu devant nous, notaires soussignés de la sénéchaussée de Quimper, Guillaume Bergeron, abbé (1) et administrateur de la Frairie de Saint-Eloy, fondée et desservie de tout temps en l'église paroissiale de Saint-Mathieu,

François Tardy, Alain le Séneschal et Jean Gauthier, maréchaux,

Rolland Monpoil et Pierre Blanquest, maîtres-cloutiers,

Jacques André, maître-coutelier,

Jacques Doucin et Jean Lescanff, maîtres-armuriers,

Jean Boisherve et Jean Monpoil, maîtres-serruriers,

Pierre Le Férec, maître-taillandier,

Jacques Chanblanche et Rolland Fontaines, maîtres-selliers,

Vincent Cadix et Paul Bergeron, faisant tant pour eux que

---

(1) Le nom d'abbé répond au nom actuel de président ou syndic.

pour la Communauté de la dite Frairie de Saint-Eloy, amassés et congrégés en la manière accoutumée en chapitre, après le son de la campane, pour disposer des affaires de la dite Frairie ; auxquels a été remontré par ledit Bergeron, abbé, qu'au mépris des anciens règlements reçus par la dite Confrérie, plusieurs personnes s'avancent de faire travail des dits métiers de maréchaux, espronniers, serruriers, selliers et couteliers dans la dite ville et fauxbourgs et y tiennent boutiques ouvertes sans avoir souffert l'examen et fait preuve de leur capacité et sans avoir esté reçus et avoir presté le serment, ainsi qu'il s'observait anciennement et qu'il s'observe dans les Frairies des dits métiers établies dans les autres villes du royaume où il y a police et maîtrise des dits métiers, sous prétexte qu'il ne se trouve pas qu'il y ait eu des statuts de la dite Frairie qui ayent été rédigés par écrit, consentis par MM. les gens du Roy, autorisés de MM. les juges et confirmés par le roy, ce qui estant nécessaire pour le bon gouvernement de la dite Frairie, les dits susnommés, sous le bon plaisir de S. M. et moyennant l'approbation et consentement des dits sieurs les juges et gens du roy du présidial du dit Quimpèr, ont pour eux et leurs successeurs, maréchaux, selliers, couteliers, cloutiers, espronniers, forgerons et grossiers (1) qui se voudront establir et exer-les dits métiers en la dite ville et fauxbourgs de Quimper, arresté leur règlement cy-après, en forme de statuts, pour estre gardés à l'advenir par eux et leurs successeurs aux dits métiers dans la dite ville et fauxbourgs de Quimper, selon leur forme et teneur, et sans que les peines y exprimées puis être réputées comminatoires, restreintes ou modérées, et les contrevenans dispensés des dites peines soubs quelque prétexte que ce soit :

I

Que nul ne pourra être reçu à exercer les dits métiers de maréchaux, arquebusiers, serruriers, espronniers, couteliers, grossiers, selliers, carossiers, guesniers, coffretiers, maltiers

---

(1) Adonnés aux gros ouvrages de taillanderie, etc.

cloutiers, s'il n'est de religion catholique, apostolique et romaine ; qu'il n'ait servi, dans la boutique d'un maître, 3 ans comme apprentif et 2 ans comme compagnon, à l'exception des fils des maîtres, lesquels seront reçus après avoir été examinés, avoir fait chef-d'œuvre, avoir été jugés et trouvés capables par les maîtres examinateurs, et à leur réception payeront à ladite Frairie, entre les mains de l'abbé ou gouverneur d'icelle, savoir : les enfants des maîtres et les compagnons, qui auront épousé des filles de maîtres de ladite ville et fauxbourgs, seulement 15 livres chacun, et les autres nouveaux reçus payeront le double.

II

Que tous autres, qui voudront entrer dans l'association des prières de ladite Frairie seront tenus de payer à l'abbé, qui sera en charge, 20 sols monnaye ou une livre de cire pour les luminaires, outre leurs debvoirs annaux.

III

Que chaque confrère marié sera tenu de payer, une fois l'an, pour la continuation des messes et services qui se font en la dite Confrérie, 5 sols monnaye qui seront payés à l'abbé, lors de la nomination des abbés, avant les jour et feste de Saint Eloy, à peine du double, et à la Saint-Laurent pareille somme de 5 sols monnaye, ainsi qu'il s'est pratiqué par le passé, et est ce droit appelé les droits annaux, et pour les associés le dit droit est de 5 sols par an.

IV

Que lors du décès des frères ou sœurs de la dite Confrérie ou de leurs femmes, les autres maîtres ou leurs femmes, et les veuves ou leurs compagnons seront tenus d'assister à l'enterrement et conduite du corps du deffunt et de rester à l'office, et payera chacun défaillant une livre de cire au profit de la Frairie, s'il n'a excuse légitime pour estre dispensé.

V

Quand aucun des confrères sera malade et n'aura de quoy se

subvenir, chacun homme marié d'icelle Frairie payera pour sa subsistance 2 sols 6 deniers, qui seront cueillis par l'abbé en charge, par mois, pendant sa détemption de lict.

VI

Item, seront tenus les frères. et sœurs de la dite Confrérie d'assister aux vespres la veille de la feste de Saint Eloy, et le lendemain à l'office, et si aucun manque, le défaillant payera 1 livre de cire ou 20 sols au profit de la Frairie, et y sera contraint par le ministère d'un sergeant que les maîtres nommeront et qui ne pourra prétendre que 10 sols par chaque exécution qu'il fera en présence de deux témoins, sans autre formalité de justice.

VII

S'il advient qu'aucun des frères ou sœurs de la Frairie vienne à décéder et n'aurait de quoi fournir à son enterrement, les frais seront pris sur le fond de la Frairie, et sera tenu l'abbé en charge de faire dire une messe privilégiée pour chaque deffunt, dans la semaine de son enterrement.

VIII

Lorsque les abbés de la dite Frairie feront bannir à la manière accoutumée la tenue de leur chapitre et assemblée, les confrères seront tenus de s'y trouver, s'ils n'ont empêchement légitime, et ceux qui ne se trouveront payeront 20 sols par forme d'amende au profit de la dite Confrérie, et seront contraints comme dessus.

IX

Que de 2 ans en 2 ans, on changera les abbés de la dite Frairie le dimanche précédant la feste de Saint Eloy, et les abbés sortants seront tenus, trois mois après leur sortie de charge, de fournir leur compte pour estre examiné par le chapelain qui desservira la Frairie et le notaire de la dite Frairie, en présence de six anciens maîtres et abbés en chaque corps des dits métiers, à peine de 6 livres d'amende au profit de la dite Frairie et d'y estre contraint par corps, passé le dit temps.

X

Item, est statué sous le bon plaisir de Mgr l'illustrissime et reverendissime Evêque de Quimper, qu'il sera dit deux messes par chaque semaine de l'année, l'une le dimanche et l'autre le vendredi pour la plus grande gloire de Dieu et à l'intention des frères et bienfaiteurs de la dite Frairie, et pour le repos des âmes des décédés, leurs femmes et enfants, et sera payé sur le fond de la dite Frairie au chapelain d'icelle, par les abbés, successivement ce qui leur sera légitimement dû et qui aura été réglé et arrêté en chapitre.

XI

Comme aussi à chaque veille de la feste de Saint Eloy, les vespres seront chantées dans la chapelle où la dite Frairie sera établie, et le lendemain y sera célébrée une messe solennelle à chant, à la manière accoutumée, et seront les prêtres qui auront célébré et assisté aux dites vêpres et messe, payés sur les deniers de la dite Frairie.

XII

Tous les apprentifs, qui voudraient travailler en cette ville et fauxbourgs, feront leur apprentissage chez les maîtres soit maréchaux, selliers, arquebusiers, serruriers, grossiers ou autres, payeront à la dite Frairie à leur entrée en apprentissage 6 livres, dont les maîtres répondront aux abbés et feront l'avance si l'apprentif n'est en état de payer, à l'exception des pauvres apprentifs pris de l'hôpital général, qui seront dispensés du dit payement.

XIII

Les chefs-d'œuvre de ceux qui prétendent à la maîtrise ayant été examinés comme dessus par les anciens maîtres du métier auquel ils voudront estre reçus, seront présentés par les dits maîtres devant MM. les juges et procureur du Roy, et si le dit chef-d'œuvre est trouvé bien fait par avis des dits maîtres, l'aspirant sera reçu et prêtera le serment comme maître et pourra lever boutique en la dite ville ou fauxbourgs, pavant le droit comme dessus.

XIV

Que tous les résidants hors la dite ville et fauxbourgs, qui y viendront vendre marchandises de l'un ou de l'autre des dits métiers, soit à jour de marchés ou foires, seront tenus de payer à la dite Frairie 5 sols par chaque fois qu'ils y viendront, si mieux n'aiment entrer en la dite Frairie et payer les droits annaux cy-dessus déclarés, et seront les dits ouvriers de dehors tenus de souffrir la visite de leurs marchandises, et, si elles ne se trouvent valables et fidèlement faites, pourront être confisquées au profit de la dite Frairie.

XV

Qu'il ne sera permis aux dites personnes de métier d'entreprendre l'une sur le métier de l'autre, à peine de confiscation de leurs ouvrages et de 30 livres d'amende au profit de la dite Frairie.

XVI

Que les amendes et aumosnes cy-dessus exprimées seront payées par ceux qui les auront encourues, non obstant toutes oppositions et appellations, et y pourront estre contraints par le ministère d'un sergeant, lequel n'aura que 10 sols comme dit est pour chacune contrainte.

XVII

Qu'aucun ne se présente à l'office divin ni aux assemblées, soit de chapitre ou autres, esprins de vin, et s'il se trouve aucun d'eux en cet état ou qu'il jure le saint nom de Dieu, payera 1 livre de cire ou 20 sols au profit de la dite Frairie.

XVIII

Ne sera permis à aucun des compagnons ni gens de la profession des dits métiers de s'établir aux limites de la ville et de ses fauxbourgs, sous demie-lieue, pour y tenir boutique ni vendre marchandise, s'il n'est de la dite Frairie et qu'il n'ait payé les droits ci-dessus, et ceux qui sont déjà établis seront obligés de fermer leur boutique qu'ils n'ayent payé leurs droits à la dite Frairie.

XIX

Les veuves des maitres qui auront payé les droits ci-dessus
à la dite Frairie pourront continuer par compagnons, pendant
leur veuvage, et si elles se remarient à leurs compagnons, les
dits compagnons seront tenus de faire chef-d'œuvre comme est
dit cy-devant et de payer demi-droit d'ouverture de boutique
seulement.

XX

Les marchands quincailleurs qui se trouveront pour vendre
de la marchandise dans la dite ville et fauxbourgs de Quimper,
seront tenus de souffrir la visite de leurs dites marchandises,
et, au cas qu'il s'en trouve qui ne soient pas bonnes ni valables,
elles seront confisquées au profit de l'hôpital général, et s'il
arrive qu'aucun des dits maitres ait mis sa marque ou son nom
sur besogne de quincaille et que cela se vérifie, il paieront
18 livres à la Frairie, avec confiscation de la marchandise, pour
chacune contravention.

XXI

Les quincailleurs qui ouvriront boutique de la dite marchandise de quincaille payeront 5 sols par chacun an au profit
de la dite Frairie.

XXII

Seront tenus les dits gens de métiers, chacun en son métier
tenant boutique, de faire bons ouvrages sur peine de confiscation et 6 livres d'amende, moitié à l'hôpital général et l'autre
moitié au profit de la dite Frairie, et pour connaitre les abus,
les abbés seront tenus de faire leur visite tous les moins une
fois le mois, et chacun assisté de deux maitres de son métier.

XXIII

Ne pourront les gens de métier débaucher les compagnons
les uns des autres, ni les recevoir chez eux sans le consentement de celui de chez lequel ils auront sorti, sur peine de
6 livres au profit de la dite Frairie.

XXIV

Et seront tous les deniers, amendes et aumosnes cy-dessus,

reçus par les abbés et gouverneurs de la dite Frairie pour être employés à l'entretien du service divin et en achapt et entretien des ornements de la dite Frairie et autres œuvres pies et aumosnes, sans les pouvoir divertir à autre usage, ni employer en festins ni banquets sous prétexte de la Frairie, ce qui leur est expressément défendu, et à tous les confrères et associés de s'entrequereller, jurer ni blasphêmer, sur les peines qui échent.

XXV

Ne pourront les dits serruriers et taillandiers faire aucun ouvrage concernant l'art d'arquebusier, ni non plus s'émanciper de faire ni distribuer aucune façon de clous, si ce n'est pour l'attache de leur besogne simplement, ni non plus de ferrer, panser ni saigner les chevaux, à peine de 6 sols d'amende au profit de la dite Frairie.

Examen des fils de maîtres.

XXVI

Les maréchaux aspirant à la maîtrise seront examinés, savoir les fils de maîtres sur les maladies et médicaments seulement.

XXVII

Les fils de maîtres-couteliers seront obligés de faire pour chef-d'œuvre un ganiff, à la discrétion des maîtres.

XXVIII

Les fils de maîtres-arquebusiers feront pour chef-d'œuvre une sous-garde de fusil à 5 branches de forge et de lime.

XXIX

Les fils des maitres-cloutiers seront obligés de faire pour chef-d'œuvre un clou à crochet qui soit tourné sur le bout de la verge.

XXX

Les fils de maîtres-forgeurs feront pour chef-d'œuvre une ferrure de gouvernail.

XXXI

Les fils de maitres-serruriers seront examinés seulement.

XXXII

Les fils de maîtres-taillandiers feront une herminette pour chef-d'œuvre.

XXXIII

Et les fils de maîtres-selliers feront un essay à mettre un arçon sur bande seulement.

Examen des compagnons.

XXXIV

Les dits compagnons des dits métiers, aspirant à la maîtrise, feront le chef-d'œuvre qui leur sera ordonné par les anciens maîtres qui auront été nommés en chapitre pour l'examen, lesquels examineront le dit chef-d'œuvre et interrogeront les dits compagnons sur leur capacité pour estre reçus ou refusés par l'advis des dits maîtres comme dessus.

XXXV

Et les compagnons serruriers feront chef-d'œuvre de serrure à 3 fermetures avec tirepoint cannelé, ou une à 2 fermetures à double serrure, ou une à tour et demi soit à gachette ou pacquet, et le tout conforme aux statuts de Nantes.

XXXVI

Les compagnons espronniers feront chef-d'œuvre d'un mors à cou avec un olive à chaque côté et un pan dans le milieu avec 4 trous par dedans et 4 par dehors.

XXXVII

Les selliers feront chef-d'œuvre de l'une de trois sortes de selles, savoir : selle d'armes entière et parfaite, selle à femme à la marquise, et selle d'archier bien et dument faite, l'arçon desquelles selles sera de bon bois et colle (1) pour chef-d'œuvre.

XXXVIII

Seront les dits arçons bien et dument charpentés par le dit compagnon, chacun en sa sorte ajusté et uni en colle en la

(1) Nerfs de bœuf.

maison de l'un des maîtres, eux et les abbés présents ; lesquels
arçons seront marqués d'heure à autre de la marque de l'abbé,
à ce qu'ils ne se puissent déguiser et changer, et au soir de
chacun jour jusqu'à l'œuvre parfaite seront enfermés en une
fermeture à deux clefs différentes, lesquelles seront baillées une
à l'abbé et l'autre au compagnon faisant le dit chef-d'œuvre, à
ce qu'il ne soit ouvert par l'un sans l'autre. — Seront les bois
baillés par les dits maîtres aux compagnons pour charpenter le
dit arçon, suivant la sorte qui lui sera baillée par les dits
maîtres du dit métier, pour après le garnir et enharnacher.

XXXIX

Et le dit chef-d'œuvre parfait sera pris par les dits abbés et
porté en communauté des dits maîtres pour être vu et examiné,
et s'il est trouvé bon et bien fait sera reçu maître en la forme
que dessus.

XL

Seront les dits maîtres-selliers, tenant boutique, tenus de
faire bons ouvrages, mettront aux selles bons arçons neufs et
dument collés et eneuvrés et housés de cuir étant sur bande
neuve ; les panneaux seront doublés de toile neuve sans mettre
pièce sur pièce tant aux panneaux qu'à l'enevrure des dits
arçons.

Seront aussi les hausses des dites selles doublées en bon
cuir, et leurs fermoirs, qui seront doublés, seront de bon cuir de
bœuf, l'attaché doublé en même cuir.

XLI

Ceux qui se présenteront pour estre reçus maîtres seront
tenus de rapporter leurs lettres d'apprentissage, et d'avoir
servi comme compagnon suivant les articles ci-dessus.

XLII

Aucun maître ne tiendra qu'une seule boutique et ne pourra
tenir en même temps qu'un seul apprentif.

XLIII

Que nul ne pourra dans l'étendue de la ville et fauxbourgs

travailler selles, croupières, poyteaux, sangles, sousfaix, estri-
vières, bricoles, longes, cousinnettes de housse, valises, cour-
roies de bagage, fourreaux d'arquebusier, espistolets, étuis de
chapeaux, es... à femme, ni littières, ni harnais et panniers de
bagage, coffres de bagage, ni équipages propres pour le service
des gens de guerre, remonter ni raccommoder aucune selle,
mettre arçons ni bandes de fausses housses pour les tenir en
vente, s'il n'est maître ni qu'il ait été reçu dans les formes
arrêtées par les articles ci-dessus, à peine de confiscation des
marchandises, moitié à l'hôpital général, moitié à la dite Frairie.

XLIV

Que nul autre que les dits maîtres ne pourra exposer en
vente dans la dite ville et fauxbourgs aucune selle, fourreau de
pistolet, chaperons, valises et autres choses qui regarde le dit
métier de sellier, sur peine de confiscation.

XLV

Et au cas que quelqu'un ferait difficulté ou refus de montrer
et exhiber sa marchandise, et fermerait ses huys, coffres et
fermetures, empêchant par ce moyen les visites du dit abbé
et de ses assistants, ceux qui auront fait les dits refus seront,
sur le procès-verbal du sergent et attestations des dits assistants, condamnés à 6 livres par forme d'amende ou aumosne,
moitié à la dite Frairie et l'autre moitié à l'hôpital général,
comme ci-dessus.

XLVI

Les fils de maîtres et compagnons qui ne seront jugés
capables seront renvoyés pour continuer leur travail et
apprentissage pour le temps qu'il sera jugé par les maîtres qui
les auront examinés, à la pluralité des voix.

Que, soubs le bon plaisir de Mgr l'Evèque et de MM. du
Chapitre, la dite Frairie sera établie pour l'advenir sur un des
autels dans l'église cathédrale, qui sera orné et entretenu aux
frais de la dite Frairie, (pour ce se propose) de tenir un plat
près du dit autel et le porter par l'église pendant les

messes de la dite Frairie pour y recevoir, au profit de la dite Frairie, les offrandes des personnes pieuses qui en voudront donner ; et la distribution du pain bénit faite aux confrères aux jours et fêtes de M. Saint Eloy, patron de la dite Frairie, comme il a été observé par le passé, lequel pain bénit sera payé sur les deniers de la dite Frairie.

Les articles ci-dessus, les dits susnommés veulent estre perpétuellement observés de point à autre et avec respect, donnant pouvoir au dit Bergeron, leur abbé à présent en charge, de se pourvoir près Sa Majesté pour obtenir les lettres patentes de confirmation et d'approbation des dits statuts, et icelles faire vérifier partout où requis sera, promettant et s'obligeant solidairement de le payer et rembourser des avances qu'il fera à ce sujet, sous obligation générale de tous leurs biens présents et futurs, renonçant au bénéfice de division et de droit de dissolution de biens.

Faict au dit chapitre, les jour, mois et an que dessus, et ont les délibérants, pour éviter la multiplicité des signes, chargé le dit Francois Cadic de signer icelle pour eux.

FRANÇOIS CADIC.

Y. DE LA GARDE
Notaire royal.

Le texte des statuts de la Frairie cité plus haut est accompagné de la note suivante :

En janvier 1679, Guillaume Bergeron, abbé de la Confrérie de Saint-Eloy, expose à Monsieur Le Sénéchal de Quimper, qu'il y a longues années qu'ils ont « une Frairie établie sous « l'invocation de M. Saint Eloy, qui de tout temps a été fondée « et érigée dans l'église de Saint-Mathieu. Les confrères de « laquelle pour l'entretien d'icelle Confrérie, en l'an 1532, « firent plusieurs statuts, lesquels furent approuvés, lors, de « l'Official du dit Quimper et ensuite autorisés du Sénéchal, « lesquels statuts ont été observés depuis le dit temps, fors « depuis les 5 ou 6 ans qu'ils ont été violés par plusieurs des

« dits métiers et autres qui sont venus s'establir en cette ville
« au détriment de la dite Confrérie, ce qui les a obligés à se
« réunir en chapitre pour revoir les statuts, ce qu'ils ont fait
« le 18 décembre dernier. Ils prient, en conséquence, M. Le
« Sénéchal de voir les statuts joints à la présente et de leur
« permettre de se pourvoir près de Sa Majesté pour en obtenir
« l'enterinement et confirmation. »

*(Les statuts furent approuvés et confirmés par lettres patentes
et arrêts du Parlement de la Province des 16 juillet 1680 et
16 mai 1681, enregistrés et lus au Siège Présidial de Quimper
le 20 août 1681.)*

Il ressort de ces deux documents très-importants que
la Frairie, née des mœurs chrétiennes, vivait, sous la
la loi coutumière, dans une possession paisible de temps
immémorial, mêlant les pratiques pieuses aux obser-
vations qui sauvegardaient la dignité professionnelle, et
aux institutions qui protégaient et secouraient le pauvre,
le *besogneux.*

Jusqu'au milieu du xvi⁰ siècle, tout alla bien. La
corporation n'a pas encore d'histoire. En 1532 y eût-il
conflit entre la juridiction ecclésiastique et celle du Duc
sur le terrain duquel la Frairie avait son centre? Toujours
est-il qu'alors apparaît la première constitution écrite,
« approuvée de l'Official et ensuite autorisée du
Sénéchal. »

Mais, voici l'époque de l'ingérence plus directe de
l'autorité royale prêtant, il est vrai, un appui précieux
aux communautés de métiers, mais aussi exploitant
leurs caisses pour ses besoins fréquents, et créant des
formalités multiples qui fournissent prétexte aux esprits
brouillons. C'est alors que la Frairie se résoud à rédiger

des statuts « consentis par MM. les gens du Roy, autorisés par MM. les juges et confirmés par le Roy. »

Qu'il nous suffise de faire remarquer ici combien l'esprit religieux et la dignité professionnelle s'identifient pour former ce code du travail en vue de la gloire de Dieu et de l'honneur du métier.

Pour nous, comme pour nos pères, le même but à atteindre réclame les mêmes moyens. Ne séparons jamais la Frairie de la Corporation, Saint-Éloy de l'atelier.

Le pain, le bien-être, le savoir professionnel sont le surcroît acquis à ceux qui cherchent tout d'abord le royaume de Dieu.

CHAPITRE II

LES RÈGLEMENTS PROFESSIONNELS

Rien de plus sage que les prescriptions des statuts précédents touchant les garanties dont était entouré l'apprentissage. C'est le grand honneur des vieilles communautés de métiers d'avoir apporté un soin scrupuleux à la formation professionnelle. Aussi en quelle estime était tenu au foyer le métier paternel !

Vraiment, le maître était « honorable homme », suivant la formule que les actes publics lui appliquent souvent. Aussi le fils se faisait-il un devoir de continuer le métier de son père et, pour favoriser cette succession, les règlements exemptaient les fils de maîtres des droits accoutumés d'apprentissage. Certain abbé chagrin mérita même une bonne leçon pour avoir voulu contrevenir à ce privilège. Nous citons.

RÉCLAMATIONS CONTRE L'APPLICATION ABUSIVE DU DROIT D'APPRENTISSAGE.

Pour : François Bernard, maître arquebusier,
      Jean Melon, maître cloutier,
      Louis Perrault, maître maréchal,
Tous deffendeurs en assignation référée le 22 novembre 1709 de la part de Michel Tanguy, maître maréchal et abbé de la Frairie de Saint-Eloy, est dit devant vous, M. Le Sénéchal, qu'il ne s'est jamais vu de demande plus inconsultée que celle que le dit Tanguy s'est advisé de faire aux deffendeurs, surtout

si l'on considère qu'il ne saurait faire voir le moindre article des statuts de la dite Frairie qui oblige les maîtres de payer aucun droit pour l'apprentissage de leurs enfants. Cela est tellement vrai que le dénommé René Guirrieuc, maître menuisier de cette ville de Quimper, ayant formé une pareille demande en 1697, au sujet du fils d'Hervé Ollivier, il en fut débouté avec dépans, ce qui doit désormais servir de règle entre parties également que pour tous les autres maîtres à l'advenir, et cela avec d'autant plus de raison que les autres corps de métier n'ont jamais payé, et s'il y a eu quelques-uns qui ont eu assez de facilité de payer un tel droit, ils doivent s'en imputer la faute, n'étant pas exigible par les dits statuts, *qui sunt stricti juris et non debent extendi de casu expresso ad casum non expressum.*

Il ne faut pas s'étonner d'une telle demande non seulement parce que le dit demandeur, l'abbé, l'a faite à sa tête et sans la participation des autres confrères, mais encore parce qu'il a cherché à multiplier les êtres, sans nécessité, par plusieurs pareilles demandes, quoi qu'une seule ait dû suffire pour tous les deffendeurs, ce qui fait connaître sensiblement qu'il n'a cherché par ce moyen qu'à les chagriner fort mal à propos et à leur faire pour ainsi dire un procès à l'aveugle, et les rend bien fondés à ce que, s'il plait à la justice, ils soient renvoyés d'assignation tant par folle intimation qu'autrement, par dépans, sauf autres droits, actions et conclusions.

Pour copie : Le Corre.

Signifié et copie délivrée à Mᵉ Charles-Louis Lozeac'h, procureur, à ce qu'il n'en ignore, parlant à son clerc, à Quimper, le jour onzième de décembre 1709.

Lozenay, *huissier.*

D'autres maîtres, au contraire, voulaient frauder les droits d'apprentissage. Mais l'abbé était le gardien attitré des statuts.

DROIT D'APPRENTISSAGE.

— Au mois de juin 1731. — Rolland Toullonge, abbé, maître cloutier, paroisse Saint-Esprit, assigne Corentin Monpoil, maître cloutier, pour se voir condamner à payer les 6 livres qu'il doit à raison de son apprenti, et qu'il se refuse à payer.

— Le 29 Janvier 1732. — Pour Rolland Toullonge, maître cloutier, abbé été de la Frairie de Saint-Eloy, en assignation signifiée, les 1er et 4 décembre 1731, contre Monpoil, maître cloutier, sera dit devant M. Le Sénéchal, en réponse à l'écrit du deffendeur Monpoil, que s'il était de bonne foi il ne formerait pas d'aussi mauvaises contestations que celles portées par son dit écrit : il soutient témérairement que dans l'année de la gestion du dit demandeur en qualité d'abbé, laquelle commença le 25 juin 1730 pour finir le 25 juin 1731, il n'a point eu chez lui aucun apprenti ; qu'il avait, il est vrai, dans cette année là, un garçon souffleur, mais n'étant pas en qualité d'apprenti. Le demandeur soutient le contraire et, si le deffendeur persiste dans ses mauvaises contestations, on prouvera que le dit garçon, prétendu souffleur, travaillait au billot chez le deffendeur dans l'année ci-dessus, et qu'ainsi il ne devait être regardé que comme apprenti ; le demandeur persiste donc à réclamer le droit de 6 livres pour l'apprenti.

ASSIGNATION. — DROIT D'APPRENTISSAGE.

17 décembre 1745. — Il est ainsi que Hervé Le Férec, maître tallandier de Quimper, demeurant fauxbourg de la Terre-au-Duc, aurait actuellement et depuis quelque temps un jeune homme en apprentissage et travaillant en sa boutique, sans s'être mis en état de payer le droit de la Frairie des maîtres, suivant l'article 12 des statuts du 18 décembre 1678, confirmés par lettres patentes et arrêts du Parlement de la province des 17 juillet 1680 et 16 mai 1681, enregistrés et lus au siège présidial de Quimper le 20 août 1681.

Le dit Férec a été différentes fois averti de payer le dit droit, et sur son refus réitéré de le faire, je soussigné Nicolas Homont, huissier, rapporte qu'à la requête de Jean-Corentin Provost, abbé actuel de la dite Frairie, maréchal ferrant demeurant au dit Quimper, fauxbourg de la dite paroisse de Saint-Mathieu, (donne assignation à comparaître) à la prochaine audience du siège royal de la police, après 8 jours, pour s'ouyr par provision condamner à payer au dit Provost 6 livres pour le droit d'apprentissage de son apprentif.

Les actes de maîtrise sont aussi à consulter.

Le novice devenait profès, dans cet ordre à la fois religieux et civil, et rien n'est plus touchant que les solennités dont était revètu cet acte qui, d'un compagnon, faisait un arbitre de son art, et procurait le droit exclusif de communiquer à d'autres la science du métier.

RÉCEPTION D'UN MAÎTRE.

L'an 1767, le 7 juillet, avant midy, devant les soussignés notaires de la juridiction des reguaires de Quimper avec soumission au siège de la police, furent présents Michel Gallic, abbé en charge de la Frairie de Saint-Eloy, demeurant en cette ville, rue des Etaux, paroisse de Saint-Sauveur,

Alain Le Baut, demeurant même paroisse,

Jean Gouic, demeurant paroisse de Notre-Dame,

Jean Cuzon, demeurant même paroisse,

Jacques Melin, demeurant même paroisse,

Jacques Perrot, demeurant même paroisse,

Hervé Bodolec, demeurant place Terre-au-Duc,

Yvon Kerdelau, demeurant paroisse Saint-Sauveur,

tous maîtres jurés de la dite Frairie de Saint-Eloy,

Mathieu Salou, demeurant place Saint-Corentin,

Mathieu Le Bour, demeurant place de la Terre-au-Duc,

ces deux derniers maîtres selliers de la même Frairie, d'une part,

Et Louis-Marie Lucas, compagnon sellier, demeurant en cette ville, rue Queréon, paroisse Saint-Julien, d'autre part,

Lequel dit Lucas, désirant travailler en cette ville en qualité de maître sellier, a prié les maîtres cy-devant dénommés de le recevoir en la dite qualité.

A quoi accédants, après avoir examiné le dit Lucas et lui avoir fait faire chef-d'œuvre, ils déclarent le trouver capable, en conséquence ils le reçoivent en la dite Frairie et consentent qu'il exerce l'état de maître sellier en cette ville et fauxbourgs de Quimper, qu'il y ait boutique ouverte et qu'il jouisse des mêmes privilèges des autres maîtres de la Frairie de Saint-Eloy, parce qu'il observera les statuts de la dite Frairie, portera honneur et respect à ses anciens, et qu'il prêtera serment, dans le mois, le tout sous peine de nullité du présent ; et pour moitié du droit dû à la Frairie, il a, en l'endroit, payé au dit Gallic la somme de 15 livres, l'autre moitié payable ce jour en 6 mois. A tout quoy s'oblige, sur tous ses biens, a pouvoir être discuté par les voyes et droit.

Fait et passé au dit Quimper, au rapport de Gaillard, l'un de nous, son collègue présent, sous le seing des dits Le Gouic, Salou, Le Baut, Cuzon et Lucas,

Celuy de maître Mathieu Le Dinez, à requête du dit Gallic.

Celuy de maître Louis Le Glévédé, à requête du dit Le Baut.

Celuy de maître Pierre Guillemin, à requête du dit Jacques Melin,

Celuy de maître Yves Le Bris, à requête du dit Hervé Bodollec,

Et celuy de maître Jean-Marie Loëdon, à requête du dit Yves Kerdelau, disant ne savoir signer et à ce requis,
Et les nôtres notaires les dit jour et an.
Ainsi signé à la minute :

Jean Le Goic. — Jean Cuzon. — Mathieu Salou. — Le Bour. — Louis-Marie Lucas. — Le Dinez. — Le Glévédé. — Le Bris. — Guillemin. — Loedon.
Le Bescond, notaire. — Gaillard, autre notaire.

---

24 août 1768. — Réception comme maître arquebusier de Bernard Bobon, compagnon demeurant paroisse Saint-Mathieu,
Par :

Guillaume Cariou, abbé, Place-au-Duc,
Bernard Enu, maître arquebusier, près place Saint-Corentin,
Robert Durand, maître arquebusier, Terre-au-Duc,
Pierre Mollet, maître arquebusier, rue Quéréon,
Jean Gouic, maître épronnier, paroisse Notre-Dame,
Jean Cuzon, maître arquebusier, Place-au-Duc,
Henri Stéphan, maître serrurier, Place-au-Duc.

ACTE DE MAÎTRISE DE GALLAIS ET BENOIT.

L'an 1775, le 29 décembre, après midy, devant les soussignés notaires royaux de la sénéchaussée de Quimper, avec soumission au siège de police de la dite ville, furent présents :
René Thomas, maître coutelier et abbé de la Frairie de Saint-Eloy, demeurant en cette ville rue Sainte-Catherine, paroisse du Saint-Esprit,
Pierre Allain Villedieu, maître serrurier, demeurant sur la paroisse de Saint-Sauveur,
Augustin Latreille, demeurant rue Neuve, paroisse du Saint-Esprit,
Henri Stéphan, maître serrurier, demeurant Terre-au-Duc, paroisse de Saint-Mathieu,
Jacques Bouché, aussy maître serrurier, demeurant sur la dite paroisse de Saint-Mathieu,
Yves Guillerme, demeurant paroisse Saint-Sauveur,
Jean Montion, demeurant paroisse Notre-Dame,
Jean-Louis Latreille, demeurant sur la paroisse du Saint-Esprit,
Pierre Touzé, demeurant paroisse Saint-Mathieu,
tous maîtres serruriers jurés de la dite Frairie de Saint-Eloy, d'une part,

Jean Gallais, demeurant en cette ville, paroisse Saint-Sauveur,
Et Louis Benoit, demeurant paroisse Saint-Mathieu, d'autre part,

Lesquels Gallais et Benoit, compagnons serruriers, ayant travaillé le temps requis par les statuts tant en cette ville qu'ailleurs, ils désirent entrer dans la dite Frairie et ont prié les dits maîtres de les y recevoir et admettre ; à quoi déferants, après avoir examiné les dits aspirants et leur avoir fait faire chef-d'œuvre, ils les ont déclarés en état et capables de remplir la profession de maître serrurier.

En conséquence, ils les reçoivent et admettent à exercer la dite profession, consentant qu'ils ayent boutiques ouvertes en cette ville et fauxbourgs d'icelle, et qu'ils jouissent du privilège des autres maîtres, parce qu'ils observeront les statuts, porteront respect et honneur à leurs anciens, et qu'ils prêteront serment dans huitaine, sous peine de nullité des présentes : à tout quoy ils s'obligent, et pour droit de réception ils ont, en l'endroit, payé chacun 30 livres au dit Thomas, pour en prendre charge dans son compté.

Fait et passé à Quimper, au rapport de Gaillard, l'un de nous, son collègue présent, sous le seing des parties et les nôtres notaires, les dits jour et an ; et avant les signatures le dit Jean Gallais promet et s'oblige payer au dit Thomas, abbé de la dite Frairie de Saint-Eloy, les 30 livres dues à la Frairie du dit Saint-Eloy, au courant du mois de mars prochain, les dits jour et an.

Ainsi signé sur la minute :

> René THOMAS. — LA TREILLE. — Henry STÉPHAN. — Jean-Louis LATREILLE. — Jean GALLAIS. — Pierre TOUZÉ. — Jean MONTION. — Louis BENOIT. — Yves GUILLERME.
>
> MOREAU, notaire royal. — GAILLARD, autre notaire royal, rapporteur.

Dument contrôlé à Quimper, le 6 janvier 1776, par Delorme, pour 14 sols pour 2 droits sur les 30 livres dues à la Frairie du dit Saint-Eloy.

Rapport, contrôle, délivrance et timbre, 5 sols reçus de Thomas, abbé.

GAILLARD.

RÉCEPTION D'UN MAÎTRE SERRURIER.

Messieurs les juges du siège de la police de la Sénéchaussée de Quimper,

Suplie humblement Jean Gallais, serrurier, disant que par acte du 29 décembre 1775, au rapport de Gaillard, notaire royal, contrôlé le 6 janvier 1776, il a été reçu par les maîtres

de la Frairie de Saint-Eloy à exercer dans cette ville et fauxbourgs d'icelle le métier de serrurier, et voulant jouir des
privilèges des autres maîtres il a l'honneur de requérir et
considère :

Qu'il vous plaise, Messieurs,

Voir ci-joint l'acte de maîtrise du dit jour 29 décembre 1775,
y ayant égard, recevoir le serment du supliant de se bien et
fidellement comporter dans la profession de maître serrurier
en cette ville et fauxbourgs d'icelle, avec deffance de l'y troubler
et luy permettre de jouir des privilèges des autres maîtres de
la dite Frairie de Saint-Eloy, et ferez justice.

   Jean GALLAIS.   GAILLARD.

Soit communiqué au procureur du Roy pour, sur ses conclusions, être ordonné ce qu'il appartiendra.

Ce jour, onzième de novembre 1778.

    LE GOAZRE DE KERVÉLÉGAN, *sénéchal*.

Vu par nous Charles-Yves Ledats, sieur de Kereon, conseiller
du roy et son procureur au siège présidial de Quimper et siège
de police de la dite ville, la présente requête et l'acte ci-joint,
je consens, pour le roy, les fins de la dite requête.

A Quimper, ce jour, 11e de novembre 1778.

Nous avons décerné acte de la présence du dit Jean Gallais,
serrurier, et en conséquence luy avons fait lever la main ; il a
promis et juré par serment de se bien et fidellement comporter
dans la profession de maître serrurier de cette ville de Quimper
et fauxbourgs d'icelle, luy permettons d'ouvrir boutique avec
deffense de l'y troubler ni inquietter sous les peines qui échéent,
ordonnons qu'il jouira des privilèges des autres maîtres serruriers, et a signé.

Fait et arrêté à Quimper, ce jour 11e novembre 1778.

    LE GOAZRE DE KERVÉLÉGAN, *sénéchal*.
  GÉLIN, *greffier*.

Reçu un écu.

Reçu 25 sols 3 deniers pour les 110 sols, une livre pour
chaque heure de vacation y compris les 8 sols par livre.

A Quimper, le 19 novembre 1778.

    DELORME.

Une fois maître, le membre de la Frairie pouvait
travailler à son compte, tenir *hôtel*, (selon l'expression
que nous trouvons dans certains actes pour désigner
l'atelier au Moyen-Age), et entreprendre « tous ouvrages
de sa profession, en loyauté et bonne foy. » Il

coopérait aux charges les plus lourdes de la• Frairie
et aussi de la Commune, et c'était ce qui lui donnait le
droit de réclamer le privilège exclusif de vente journa-
lière, ou tout au moins d'obliger les étrangers, libres
de toutes charges locales, à payer une redevance pour
sauvegarder l'égalité requise par la justice. Cette théorie
des droits compensateurs faisait mieux l'affaire de la
France d'alors, que le « laissez passer » commercial ne
le fait de nos jours. Les « gens du marteau » ne se faisaient pas faute de maintenir leurs droits sur ce point,
même parfois avec quelque peu de rigueur. Mais peut-être,
dans le cas que nous allons citer, avaient-ils affaire à un
rusé Lorrain, habitué, lorsque son intérêt l'exigeait, à
dissimuler le reste pour ne montrer que son innocente
meule.

PLAINTES CONTRE UN COUTELIER ÉTRANGER EXERÇANT A QUIMPER, SANS AVOIR ÉTÉ REÇU DE LA CONFRÉRIE.

Monsieur le Sénéchal,

Supplie humblement Berthelemy Le Ganet, maitre coutelier
et abbé de la Frairie de Saint-Eloy, disant qu'au mépris des
statuts de la dite Frairie, il vient en cette ville différents
étrangers qui travaillent de leur profession, ce qui les met hors
d'état de soutenir les charges de la ville, ces particuliers n'en
payant aucune donnent à meilleur marché ce qu'ils font, en
sorte qu'un chacun s'adresse à eux. — L'article 18 des statuts
est contraire à cette pratique, cependant le nommé Sébastien,
que l'on dit Lorrain, travaille en cette ville publiquement de
l'état de coutellerie sans qu'il ait été reçu maitre ni rien payé
à la dite Frairie.

Ce considéré,

Vous plaise, Monsieur, voir cy-attachés les statuts de la dite
Frairie, faire défense au dit Sébastien de travailler de la profession de coutellerie, et en cas de contravention permettre
d'arrêter et séquestrer ses outils et l'appeler pour procéder en
conséquence.

(Sébastien était effectivement de Lorraine et s'appelait Mangin. Il soutient pour sa défense qu'il n'est pas coutellier, c'est-à-dire qu'il ne les fabrique ni les vend, il est simplement aiguiseur, émouleur et repasseur de couteaux, et qu'il n'a d'autre outil que sa meule.)

Enfin, nous trouvons la preuve que les articles des statuts, prescrivant les devoirs à l'égard des défunts, ne restaient pas lettre morte.

POURSUITES POUR FAIRE RENTRER AMENDES DUES.

Le 6 juillet 1721, à la requête d'honorable homme Joseph Melin, maître cloutier, abbé de la Frairie de Saint-Eloy et administrateur du bien d'icelle, demeurant en la rue Vily, paroisse Saint-Mathieu, demandeur, qui nomme à son procureur maître Alain Corbel, procureur et notaire de la dite Frairie, et domicilié chez lui en la Terre-au-Duc,

J'ai qui soussigné Joseph Lozenay, huissier-audiencier de la sénéchaussée et siège présidial de Quimper, demeurant rue du Froust, paroisse Notre-Dame, intime, signifie, donne terme et assignation :

A Toussaint Doucin et à Bernard Hénu, son gendre, tous deux maîtres arquebusiers, demeurant sur la place Saint-Corentin, paroisse de la Chandeleur, ville close de Quimper,

A Laurans Fontaine, maître sellier, demeurant aussi sur la place Saint-Corentin,

A Julien Le Gendre, maître maréchal, demeurant en la rue du Frout, paroisse de la Chandeleur,

A Jean Davenne, dit Lacroix, maître serrurier, demeurant en la paroisse de Mescloaguen, rue Viniou,

Et à Alain Le Sénéchal, demeurant en la rue Neuve, paroisse du Saint-Esprit, tous deffendeurs,

A ce qu'ils n'en ignorent, d'ester et comparoir devant M. le Sénéchal du siège présidial de Quimper, seul juge des causes royales et de police du dit siège, à la 1re audience qui se tiendra à l'issue de celle du présidial, après huitaine franche, pour se voir condamner par provision de payer chacun une livre de cire, ou la juste valeur, au profit de la Frairie de Saint-Eloy, pour l'amende par eux encourue par les statuts de la dite Confrérie, du 18 décembre 1678, approuvés et confirmés par lettres patentes de S. M., du 17 juillet 1680, enregistrée au greffe de la cour et en celuy du siège présidial de Quimper,

Faute à eux de s'être trouvés, quoiqu'advertis par le demandeur, pour assister à l'enterrement et conduite du corps de

Marie Trebol, veuve d'un des maitres de la dite Confrérie, décédée et enterrée mardy dernier, et de s'être trouvés à l'office conformément à l'article 4 des dits statuts. C'est à quoy le demandeur conclue avec intérêts et dépans, fait savoir, aux dits deffendeurs, leur laissant à chacun copie du présent en parlant à leur personne, séparément trouvés en leurs dites demeures et paroisses au dit Quimper.

Ce jour 6 juillet 1721.

LOZENAY, huissier-audiencier.

CHAPITRE III

LA BOETTE DE LA FRAIRIE

Voici un acte, suivi de comptes, qui donne une idée des ressources de la Communauté et des usages auxquels elles étaient affectées.

1691. — Compte, ou charge et décharge, que Charles Moulin, demeurant en la Terre-au-Duc, cy-devant abbé et administrateur de la Frairie de Saint-Eloy desservié en l'église paroissiale de Saint-Mathieu, présente aux confrères de la dite Confrérie en la personne de Pierre Peyron, à présent son successeur en charge, pour être le dit compte vu et vérifié par les députés du corps de la dite Frairie en la manière accoutumée.

Le comptable se charge des ornements de la dite Confrérie qu'il a reçus de son prédécesseur, suivant inventaire qui en a était fait.

Se charge le dit comptable d'avoir reçu pour deniers, trouvés dans les boëttes chez les particuliers, 7 livres 18 sols 5 deniers ;

Se charge d'avoir reçu des marchands quincailliers de la ville et ceux qui travaillent aux fauxbourgs, pour leurs droits annaux, 11 livres 10 sols ;

De plus, dit avoir reçu, pour la ferme des deniers qui se lèvent sur les marchands forains, 5 livres 10 sols ;

Déclare avoir reçu en toutes offrandes, pendant l'année, au plat compris les jours de la fête, 3 livres 6 sols ;

Se charge pour les droits qu'il a reçu aux enterrements, au nombre de 20, la somme de 7 livres 4 sols ;

Item d'avoir reçu, pour les droits de maîtrise de Jan Millour, 30 livres tournois ;

Item d'avoir reçu de M. François Person, 6 livres pour un droit de son apprentif ;

Item d'avoir reçu 5 livres pour le droit de l'apprentif de Jan Daboudet ;
Item d'avoir reçu 6 livres pour l'apprentif de Charles Moulin.

DÉCHARGE.

Fait voir avoir délivré, à son successeur en la charge, les ornements de la dite Frairie suivant l'inventaire qu'il en a fait faire pour lequel a payé 1 livre, de quoy il demande allocation ;

Payé au sieur Chapelain de la dite Confrérie 24 livres, pour avoir desservi les messes, suivant sa quittance, de quoi demande allocation ;

Avoir payé au sieur Vicaire de Saint-Mathieu et aux prêtres de la dite paroisse, pour droit d'office, les jours de fêtes de Saint-Eloy, 6 livres ;

Déclare avoir payé à Laurans, sonneur de cloche, 65 sols pour ses sonneries, cy 3 livres 5 sols ;

Dit avoir payé, pour les torches et luminaires qu'il a fournis pendant son année, à la veuve du sieur Delisle, 5 livres 2 sols ;

Au crieur de Frairies, il a payé, pour sonner l'assemblée, 6 sols ;

Au notaire de la Frairie, pour la vacation faite de chapitre et assemblée, a payé 30 sols ;

Pour les petites boëttes de terre qu'il a (achetées) pour mettre chez les particuliers, 15 sols ;

Pour le gasteau de la Frairie, il a aussi payé 12 livres.

Dit avoir payé à une lingère, pour avoir accomodé une nape de rézul donnée à la dite Confrérie par . . . . 8 sols, et pour 2 petits pots à fleurs 6 sols, faisant 14 sols.

En ficelle et épingles employées pour attacher les ornements de la dite chapelle aux jours de feste, il a dépensé 8 sols.

Pour la façon du présent compte et copie d'iceluy a été payé, compris le papier timbré, 3 livres.

Pour la vérification et examen du présent compte 2 livres.

QUITTANCES DIVERSES.

1746, 5 juillet. — Th. Oury, recteur de Saint-Sauveur, déclare avoir reçu de François Calisien, maître cloutier, abbé de la Frairie de Saint-Eloy, desservie en l'église cathédrale de Saint-Corentin (1) :

---

(1) Il nous a été impossible de préciser la date du transfert de la Frairie à la Cathédrale, comme de reconnaître la chapelle qui lui était réservée.

36 livres pour la desserte de la dite Frairie durant l'année, et 36 sols pour 3 messes pour 3 défunts de la dite Frairie.

1779, 27 juin. — Le Rouzic, prêtre, déclare avoir reçu de Jean Nédellec, substitut, pour le défunt Claquin :
36 livres pour la desserte de la Frairie de Saint-Eloy,
6 livres pour le service des défunts, fait le lendemain de la fête,
4 livres 4 sols pour 7 messes de défunts, en la dite année,
5 livres pour le jour de la fête,
Total 51 livres 4 sols.

1780, 29 juin. — Marie-Jeanne Gonezou, veuve Desnessant, a reçu du sieur Page, abbé de la Frairie, 3 livres 10 sols pour avoir fourni le vin toute l'année.

1780, 7 septembre. — Le Franc a reçu du dit abbé 2 livres 5 sols pour Notre-Dame (statue réparée ?) et 2 livres 5 sols pour cierge.

1780, 12 novembre. — Hervé Le Coz a reçu du dit abbé, pour le bâton fait et fourni, 1 livre.

1780, 19 novembre. — Le Poupon, maître sculpteur, paroisse Saint-Sauveur, a reçu du dit abbé, Jean Le Page, 3 livres pour les accomodages des chandeliers, les anges et la vierge.

1781, 4 mai. — Duval le Jeune a reçu du dit abbé 30 livres pour un grand christ doré.

1781, 17 avril. — Lhuillier, peintre doreur, a reçu du dit Le Page, maître cloutier, 12 livres pour avoir doré un cadre, un chandelier de fer à 3 branches pour Notre-Dame de Recouvrance.

1781, 14 juin. — Josephe Corre a reçu du dit abbé 3 livres 10 sols, pour blaasage (blanchissage) de la chapelle.

1781, 17 juin. — Dumoy Le Franc a reçu du dit abbé 30 livres pour 35 cierges blancs pesant 16 livres trois-quarts, déduction faite de 3 livres 14 sols pour bouts et égoûts.

1781, 27 juin. — Kerbrigeant a reçu de Le Page 15 livres 6 sols pour avoir habillé et sonné pour cette Frairie.

1781. — Tousé a reçu de Le Page 6 livres pour un chandelier qu'il a fait pour Notre-Dame de Recouvrance.

Il est une autre source de revenus pour la Frairie qui étonnera bien ceux qui ne connaissent que notre mode actuel d'adjudications. Le droit exclusif de fabriquer ou de vendre certains objets se payait par une redevance à la caisse de la Frairie, et était acquis au plus offrant. Nos hôpitaux seraient bien heureux, s'ils pouvaient compter sur des aubaines de ce genre.

ADJUDICATION DU DROIT DE FAUCILLES.

1749. — Il est ainsi que, le 26 may 1749, les maîtres composants la Frairie de Saint-Eloy s'assemblèrent pour l'adjudication du droit de faucilles, leurs attribué, que François Kerloc'h l'un d'iceux en demeura adjudicataire pour une somme de 14 livres 10 sols, de laquelle Joseph Poulmarc'h demeurant paroisse Saint-Ronan, abbé été de la dite Frairie, est obligé d'exiger le paiement avant que de pouvoir se libérer de son compte, et comme les vives poursuites qu'il reçoit en reddition d'icelui, l'obligeraient de faire l'avance de la dite somme de 14 livres 10 sols, s'il ne pouvait auparavant parvenir à s'en faire payer, ce serait trop payer la complaisance qu'il a eu pour le dit Kerloc'h qu'il n'a jamais pu résoudre à lui donner le sol.
A ces causes... (intente poursuites pour obliger Kerloc'h à payer sa dette.)

Toutes ces ressources n'étaient pas épuisées pendant les deux années d'exercice de l'abbé ; elles formaient une réserve qui alimentait le patrimoine corporatif. Les pièces que nous allons citer prouvent, en outre, que nos pères savaient prendre toutes les garanties même contre le « papier. »

PRÊTS SUR LA CAISSE DE LA CONFRÉRIE.

Le 1ᵉʳ décembre 1755, devant notaires royaux ont comparu
les sieurs :
Bernard Enu, abbé de la Frairie de Saint-Eloy,
Jean Le Gaudec,
Pierre Melein,
Jean Milou,
Gabriel Guillerm,
Barthélemy Le Goff,
Jacques Melein,
Et Yves Cosquer, tous députés et maîtres de la dite Frairie,
d'une part ;
Guillaume Perennou et Marie-Corentine Nédellec, sa femme,
demeurants paroisse Saint-Renan, d'autre part ;
Lesquels dits abbé, députés et maîtres de la Frairie de
Saint-Éloy ont compté en écus de 6 livres aux dits Perennou et
sa femme, la somme de 600 livres, qu'ils ont pris et emportés
à titre de constitution pour payer par an, dès ce jour en un an,
la somme de 30 livres, et ainsi jusqu'au remboursement :
somme hypothéquée sur les biens des dits Perennou et femme,
spécialement sur une maison joignante à la porte de la Tourbie,
couverte en paille, et une maison, rue du Frout, avec pavillon
et jardin. — Jean Nédellec, paroisse Saint-Ronan, se constitue
caution de la dite somme.

Le 9 février 1755. — Jacques Nédellec et Marguerite Le
Favennec, sa femme, demeurants paroisse Notre-Dame, se sont
obligés de payer à la Frairie de Saint-Eloy la somme de 63
livres 13 sols 7 deniers et de les remettre au coffre de la dite
Frairie ce jour en un an, et ce du consentement des maîtres de
cette Frairie, suivant leur délibération de ce jour.

Le 9 novembre 1778. — Devant notaires royaux furent
présents François-Toussaints Bodollec et Renée Le Tiec, sa
femme, demeurant à Quimper, rue Neuve, paroisse Saint-
Esprit, Ursule Barbe, veuve Renée Auine, demeurant à Quimper,
rue Villy, et Henri Stéphan, maître serrurier, demeurant
paroisse Saint-Mathieu, leur caution, lesquels dits Bodollec et
femme et Ursule Barbe, sous le cautionnement solidaire du dit
Stéphan, reconnaissent avoir présentement reçu de Corentin-
Alexis Claquin, abbé de la Frairie de Saint-Éloy, demeurant
paroisse Saint-Mathieu, des deniers de la dite Frairie la somme
de 300 livres, en faveur de laquelle somme ils s'obligent soli-

dairement avec le dit Stéphan de payer à la dite Frairie 15 livres de rente, premier payement en ce jour en un an, jusqu'au remboursement de la somme principale, qu'on pourra faire en un seul paiement en argent sonnant et non en papier de quelque nature.

Fait au rapport de M⁰ Gaillard, notaire.

Parfois aussi « les gens du marteau » sentaient peser sur eux des charges nécessitées par les temps mauvais ou la pénurie du trésor public. Ces impositions n'étaient malheureusement plus consenties à la façon des belles époques de la vie corporative. Les Communautés elles-mêmes ne délibéraient pas sur les subsides à fournir. C'est là le malheur des grands hommes qui ont porté d'ailleurs si haut l'honneur et la prospérité commerciale de la France : Colbert et Louis XIV. Ils avaient trop centralisé et pas assez respecté l'autonomie des organes inférieurs de la Nation.

Les gens de métier ne s'exécutaient pas toujours de bonne grâce. Ils en étaient punis par l'établissement de garnison, c'est-à-dire par la charge d'un soldat à loger et à nourrir, par la saisie et quelquefois la prison.

Etat des frais faits pour recouvrement de la taxe imposée, en exécution de l'édit de may 1709, portant création des 2 maîtres jurés gardes dépositaires des archives de chaque corps et communauté d'arts et métiers et marchandises, déclaration du Roi du 6 mai 1950 portant réunion des dits deux maîtres jurés aux dits corps, et ordonnance de répartition arrêtée par Mᵍʳ l'intendant le 19 décembre 1714.

———

Procès-verbal de garnison chez Clet Kerloc'h, taillandier, répété chaque jour du 17 août 1711 au 6 septembre 1711, par Ciroys, huissier.

Procès-verbal d'exécution des meubles de Clet Kerloc'h, du 1ᵉʳ septembre 1712.

Sommation à M. Louis Chatton, dépositaire des dits meubles, 13 décembre 1712.

Procès-verbal de vente des dits meubles, 14 décembre 1712.

Procès-verbal de garnison chez Cleden Kerloc'h, du 21 avril 1714, par Raulic, huissier.

Procès-verbal d'exécution de ses meubles, le 23 avril 1714.

Procès-verbal de garnison, du 2 may 1714, chez le dit Kerloc'h.

———

· Sommation à Jean Délivré, dépositaire des meubles de Jan Le Bourg, sellier, du 29 juillet 1712, par François Ciroys, huissier.

Procès-verbal de vente des dits meubles, 13 août.

Procès-verbal d'emprisonnement de Jan Le Bourg, sellier, du 20 octobre 1712.

Payé au geôlier pour gîte et geolage (du dit), suivant sa quittance 9 livres.

———

Sommation à Hervé Ollivier, dépositaire des meubles de Corentin Boileve, serrurier, du 29 juillet 1712.

Procès-verbal de vente des meubles du dit, 13 août 1712.

———

Procès-verbal de perquisition de Louis Poulmarch, maréchal, du 25 octobre 1712, par Pierre Ciroys.

———

Procès-verbal d'emprisonnement de François Ferrec, du 3 mai 1714, par Raoulic.

Payé au geôlier pour gîte et geolage du dit, 9 livres.

Mais, voyez combien la justice avait de lenteurs favorables aux petits ; appréciez la débonnaireté des procédés royaux. Encore quand l'huissier n'avait pas à réitérer pendant des mois son assignation ! Et lorsque la saisie était définitive, est-il bien sûr que les meubles les plus précieux n'avaient pas trouvé un asile tutélaire ?

Comparez avec nos temps de souveraineté du peuple ! C'est un des bienfaits de la Révolution que les procédés du fisc et de l'administration soient plus expéditifs et plus brutaux.

Heureux si votre recours contre cette dernière ne se butte pas contre une déclaration d'incompétence.

POURSUITES POUR LE PAIEMENT DE LA TAXE DUE AU ROI.

Conformément à l'ordonnance du 11 mars 1711, la Confrérie de Saint-Eloy avait à payer au Roi une taxe de 715 livres.

Le 14 février 1713, huissier fait sommation à Jean Le Bour, sellier, demeurant Terre-au-Duc, de payer, solidairement avec les autres maîtres de la Confrérie de Saint-Eloy, la taxe de 715 livres, à faute de quoi ils y seront contraints tant par exécution de leurs ·biens meubles, emprisonnement de leur personne que par établissement de garnison.

Le 15 février, nouvelle sommation de payer la taxe, « faute de quoi, dit l'huissier, je continuerai la garnison par moi établie chez Jean Le Bour à ses frais avec injonction d'en donner avis à ses consorts, » si bon lui semble.

Ces sommations se renouvellent chaque jour dans la même forme du 14 février au 26 mars inclusivement.

Le 27 mars 1713, le même huissier adresse la même somma-·tion de payer la taxe de 715 livres due par tous les maîtres de la Frairie de Saint-Eloy, à François Le Férec, Maître taillandier et grossier, « suivant qu'il est amplement rapporté par les sommations, contraintes ci-devant faites et procès-verbaux de garnison, attendu la solidarité, je lui ai déclaré que je le con-traindrai par exécution, suivant les ordonnances du Roi.

Vu que le dit Le Férec est refusant d'y satisfaire, disant que le dit corps était dans l'impossibilité de payer la dite taxe ;

Vu lequel refus, après avoir interpellé les voisins, suivant l'ordonnance, lesquels ont refusé de me suivre, ni se nommer, j'ai pris et saisi la dite demeure du dit Férec et mis sous la main du Roi, les biens meubles et effets après, savoir :

Une table quarré coulante,

Une armoire à 2 battants, fermée à clef,

2 bassins d'étain,

Un lit carré, garni de ses rideaux, point de Paris, avec sa coette et traversin de balle, un matelas de laine,

2 plats et 6 assiettes d'étain commun,

6 draps,

12 serviettes,

6 napes,

Une couverture de laine verte et bleuf,

Une autre armoire à 4 battants.

Desquels meubles et effets j'ai établi dépositaire sur eux la personne de Jean Chalme, marchand joillier, proche voisin, lui faisant sommation d'en faire bonne garde.

Nous ajoutons ici quelques comptes, qui donneront un état approximatif de la valeur des objets ou du travail.

(Ceci a été relevé dans les comptes du Miseur, 1594-1596. Archives du Finistère.)

Porte St-Marc : le forgeur La Troze fournit une barre de fer, compris le clou pour l'attache : 15 sols. — Porte de la Rue Billy. Le même forgeur reçut 12 sols pour l'avoir accoutrée (1594.)

_____

10 écus à Pierre Dariette, pour 288 livres de fer, et 60 écus 43 sols, pour 303 livres de clous de caravelles (navires), en écus de 50 sols.

_____

A Louis Helquen, pour avoir fait dresser les ferrailles audit pont, 6 écus 27 sols 6 deniers.

_____

TRAVAUX EXÉCUTÉS A LANNIRON EN 1778.

Mémoire de Jean Montion, maître serrurier :
2 fiches et 1 gond dans le colidor au-dessus de la chapelle, 1 livre.
4 fiches, 7 gonds, 4 camprons, 1 targette et une bande, 4 livres.
Une clef neuve et raccommodage à la serrure et loquet de la porte de la cuisine, 2 livres.
Ferré 3 volets sur la maison, 6 livres.

_____

Marie Hémon, faisant pour son mari Guillaume Canivet, cloutier :
1,100 clous d'un liard, 11 livres.
900 clous d'un double, 5 livres.
1,300 clous d'un denier, 3 livres 18 sols.
50 clous à bandes, 2 livres.
100 clous à chevrons, 2 livres.
1,500 clous d'ardoises, 2 livres 12 sols.

_____

1772. — A Pierre Touzé, pour avoir ferré et posé la porte de l'Evêché, 96 livres 13 sols.

CHAPITRE IV

GENS DU MARTEAU

Nous réunissons dans ce chapitre les noms des membres de la Frairie que nous avons pu recueillir dans les actes qui ont passé sous nos yeux.

Les métiers compris dans cette Frairie des gens du marteau sont ceux des maréchaux, cloutiers, couteliers, forgerons, armuriers, serruriers, taillandiers, selliers, espronniers, grossiers, carossiers, guesniers, coffretiers, maltiers.

Quant aux quincailleurs, ils ne faisaient pas partie de la Frairie ; mais ils étaient tenus de verser à sa caisse en la manière marquée par les statuts.

Nous ne voyons aucune mention des ferblantiers et plombiers.

On sera étonné de n'y pas voir figurer les orfèvres, si considérés autrefois et si jaloux de leur honneur professionnel. C'est qu'ils formaient une Frairie distincte, ayant aussi pour patron Saint Eloy, mais dont la chapelle était au couvent des Cordeliers. *La monographie de la cathédrale*, par M. Le Men, leur consacre une étude fort intéressante.

Les armoiries des deux Frairies étaient différentes : pour les « gens du marteau » elles étaient d'azur au

Saint Eloy d'or crossé et mitré tenant en sa dextre un marteau d'or ; celles des orfèvres étaient de gueule à deux couronnes d'or en chef et en pointe une coupe d'or.

Nous donnons d'abord la liste des abbés ou présidents de la Frairie des gens du marteau, aussi complète qu'il nous a été possible de la faire. Rappelons que l'abbé restait deux ans en charge.

ABBÉS DE LA CONFRÉRIE DE SAINT-ELOY.

1678. — Guillaume Bergeron.
1690. — Charles Moulin.
1691. — Pierre Pezron.
1698. — François Le Férec, taillandier et grossier.
1709. — Michel Tanguy, maréchal.
1613. — Jean Le Bour, sellier, Terre-au-Duc.
1721. — Joseph Melin, cloutier, rue Vily.
1731. — Rolland Toullonge, cloutier, paroisse Saint-Esprit.
1745. — Jean-Corentin Provost, maréchal, Saint-Mathieu.
1746. — François Calisien, maître cloutier.
1747. — Berthelemy Le Ganet, coutelier.
1749. — Joseph Poulmarch, paroisse Saint-Ronan.
1755. — Bernard Enu, arquebusier.
1767. — Michel Gallic, rue des Etaux paroisse Saint-Sauveur.
1768. — Guillaume Cariou, Place-au-Duc.
1775. — René Thomas, coutelier, rue Sainte-Catherine.
1777. — Corentin-Alexis Claquin, paroisse Saint-Mathieu.
1779. — Jean Nédellec.
1780-1781. — Jean Le Page, cloutier.

Autant que des actes assez incomplets nous permettent de conclure, en 1745, les gens du marteau de la Frairie de Saint-Eloy, à Quimper, étaient au nombre de 44, ainsi répartis :

3 arquebusiers.
8 cloutiers.
1 coutelier.
1 épronnier.
16 maréchaux.
3 selliers.
8 serruriers.
4 taillandiers.

Nous avons tenu à rassembler ici les noms épars dans les diverses pièces consultées.

Couteliers.

1678. — Jacques André.
1747. — Barthélemy Le Gault.
1775. — René Thomas.

Epronnier.

1768. — Jean Gouic, paroisse Notre-Dame.

Armuriers.

1678. — Jacques Doucin.
Jean Lescanff.
1709. — François Bernard.
1721. — Toussaints Doucin, et Bernard Enu, son gendre, place Saint-Corentin.
1768. — Bernard Enu.
Bernard Bobou, reçu maître, paroisse Saint-Mathieu.
Roberd Durand, place Terre-au-Duc.
Pierre Mollet, rue Queréon.
Jean Cuzon, paroisse Notre-Dame.
1781. — Jean Ladouce.

Cloutiers.

1678. — Rolland Monpoil.
Pierre Bouquest.
1709. — Jean Melou.
1712. — Jean Lagadec.
1715. — Jean Le Baillif.
1721. — Joseph Melein, rue Vily.
1731. — Corentin Monpoil.
1746. — François Calisien.
1779. — Blanchard, dit Calisien.
1780. — Jean Le Page.
1777-1780. — Guillaume Canivet.
Jean-Marie Morvan.
Michel Le Gallic.
1790. — François Blanchard.

Serruriers.

1580. — Yvon Le Goguella, serrurier, rue Neuve.
1678. — Jean Boishervé.
Jean Monpoil.
1712. — Corentin Boisleve.
1721. — Jean Davenne, dit Lacroix, rue Viniou, paroisse Mescloaguen.

1768-1778. — Henri Stéphan, Place-au-Duc.
1775. — Pierre-Alain Villedieu, paroisse Saint-Sanveur.
Jacques Bouché, paroisse Saint-Mathieu.
Augustin Latreille, rue Neuve.
Yves Guillerme, paroisse Saint-Sauveur.
1775. — Jean Montion, paroisse Notre-Dame.
Jean-Louis Latreille, paroisse Saint-Esprit.
Pierre Touzé, paroisse Saint-Mathieu.
Jean Gallais, reçu en 1775.
Benoit.

Taillandiers.

1678. — Pierre Le Férec.
1698-1713. — François Le Ferrec, Terre-au-Duc.
1715. — Jamilliau.
1714. — Clet ou Cleden Kerloc'h.
1755. — Hervé Le Férec, Terre-au-Duc.
1775. — Jean Bourriquen.

Selliers.

1678. — Jacques Chamblanche.
Rolland Fontaine.
1713. — Jean Le Bour, Terre-au-Duc.
1715. — Pierre Le Louet.
1721. — Laurans Fontaine, place Saint-Corentin.
1767. — Mathieu Salou, place Saint-Corentin.
Mathieu Le Bour, Terre-au-Duc.
Louis-Marie Lucas, compagnon, reçu maître, rue
Quéréon.
1777-1780. — Dubois.

Maréchaux.

1678. — François Tardy.
Alain Le Sénéchal.
Jean Gauthier.
1709. — Louis Perrault.
Michel Tanguy.
1721-1745. — Julien Le Gendre, rue du Frout.
Alain Le Sénéchal, rue Neuve.
1745. — Jean-Corentin Provost.

OUVRIERS DE LA FRAIRIE, SANS DÉSIGNATION DU MÉTIER.

1691. — Jean Millour.
François Person.
Jean Daboudet.

1759. — François Kerloc'h, (taillandier ?)
1755. — Jean Le Godec.
      Pierre Melein.
      Jean Milou.
      Gabriel Guillerm, (serrurier ?)
      Berthelemy Le Goff.
1767. — Jacques Melein.
      Yves Cosquer.
1767. — Alain Le Baut, paroisse Saint-Sauveur.
      Jacques Perrot, (maréchal ?)
      Hervé Bodollec.
      Yvon Kerdeleau, paroisse Saint-Sauveur.

1777-1780. — Bodollec, forgeron.
1772. — Pierre Le Roy, dit Melchœur, ferblantier ou plombier.

NOMS ET ADRESSES DES MEMBRES DE LA FRAIRIE DE SAINT-ÉLOY DE QUIMPER, D'APRÈS LE RÔLE DE CAPITATION DE 1750.

(Cette liste renferme probablement certaines lacunes, mais donne déjà une idée suffisante de la prospérité des métiers du marteau à cette époque.)

Maîtres Serruriers.

Michel Durand, place Saint-Corentin.
Jean Nédellec, rue du Frout.
Pierre Melin, Mescloaguen.
Gilles Lermitre, dit La Haye, rue du Sallé.
Jean-Baptiste Pitelle, rue des Jésuites (du Collége).
Joseph Pillette, Marché-au-Beurre.
Noël Chever, Place Terre-au-Duc.

Maîtres Maréchaux.

Louis Poulmarch, place Saint-Corentin.
Jean-Joseph Poulmarch, rue du Frout.
Gabriel Guillerme, rue du Frout.
Allain Le Bot, rue du Frout.
Guillaume Le Coz, place Toul-al-Laer.
Jean Nédellec, rue Obscure (Royale.)
Yves Cosquer, rue Obscure (Royale.)
Joseph Poulmarch, rue Obscure (Royale.)
Guillaume Perennou, rue Obscure (Royale.)
Jacques Goulhen, rue Neuve.

Michel Carmoy, rue Sainte-Catherine.
Joseph Carmoy, rue Sainte-Catherine.
Joseph Bignon, rue Rossignol (Saint-Mathieu.)
Hervé Perrot, rue Pors-Mahé (près la Place-Neuve.)
Jacques Carmoy, rue des Capucins.
René Perrot, rue des Orfèvres (Chapeau-Rouge.)
Nicolas Peron, rue des Orfèvres.
Jean-Corentin Provost, place Saint-Mathieu.

Orfèvres.

Sieur Fréron, rue Kéréon.
Sieur Appert, rue Kéréon.
Sieur Amblart, rue Saint-François.

Maîtres Cloutiers.

Guillaume Moisin, rue des Regaires.
Jean Godec, place Toul-al-Laër.
Yves Kerdellam, dit la Rose, rue du Sallé.
Charles Dupré, rue des Etaux.
Jean Mitou, rue des Etaux.
Pierre Mercier, dit Saint-Clou, rue Neuve.
Allain-Louis Stéphan, rue Sainte-Catherine.
Rolland Toulonge, rue Sainte-Catherine.
François Blancard, rue Rossignol.
Jacques Melin, rue Rossignol.
Pierre Melin, rue des Orfèvres.
Allain Melin, rue Vis.

Maîtres Arquebusiers.

Jean Cuzon, place Saint-Corentin.
Bernard Heneux, place Saint-Corentin.
Pierre Molet, rue Saint-François.
Robert Durand, place Terre-au-Duc.

Maîtres Taillandiers.

Hervé-Daniel Le Ferec, rue du Quai.
Julien Le Gall, place Saint-Mathieu.
Joseph Le Ferec, place Saint-Mathieu.
François Kerloch, rue Neuve.
Allain Gouriten, rue Sainte-Catherine.

Maîtres Selliers.

Jean-Baptiste Salou, place Saint-Corentin.
Guillaume Le Bour, rue Rossignol.
Jean Le Bour, place Saint-Mathieu.

Maitres Couteliers.

Sébastien Mangin, place Saint-Corentin.
Barthelemy Got, ou Langevin, rue Sainte-Catherine.

Maitre Espronnier.

Jean Gouy, rue du Frout.

Maitres Chaudronniers.

Thomas Donnevin, rue des Etaux.
Guillaume Cibeau, rue Sainte-Catherine.
Antoine La Fond, rue Neuve.
François Boisset, place Saint-Mathieu.

Maitre Charron.

Jacques Riou, rue Villy.

FIN.

TABLE DES MATIÈRES.

Quimper, imprimerie DE KERANGAL.